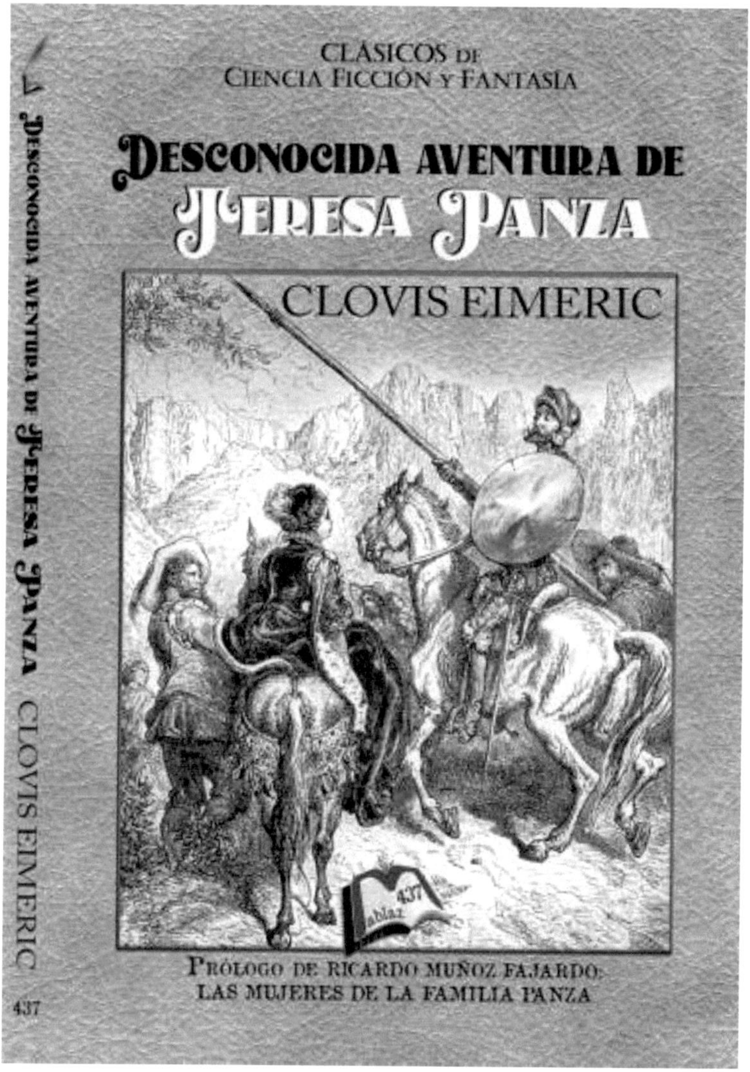

DESCONOCIDA AVENTURA DE
TERESA PANZA

CLOVIS EIMERIC

PRÓLOGO DE RICARDO MUÑOZ FAJARDO:
LAS MUJERES DE LA FAMILIA PANZA

Ciencia Ficción y Fantasía - 165

Desconocida aventura de Teresa Panza
Primera Edición, enero de 2026

© Libros Mablaz, Madrid

© De esta edición, Libros Mablaz, Madrid

blogs:
Editorial Libros Mablaz
http://editoriallibrosmablazycienciaficcion.blogspot.com.es/
Ciencia ficción y fantasía en Libros Mablaz:
http://mablazlibros.blogspot.com.es/
Librería en Todocolección:
https://www.todocoleccion.net/s/catalogo?identificadorvendedor=LibrosMablaz

Diseño de cubiertas: Mari Carmen López

ISBN: 979-13-991399-3-8
Depósito Legal: M-27469-2025

LIBROS MABLAZ - 438

DESCONOCIDA AVENTURA DE TERESA PANZA

Clovis Eimeric

ablaz.

Prólogo: Las mujeres de la familia Panza

Don Quijote muere al final de la segunda parte de la obra original de Miguel de Cervantes, algunos dicen que para que no hubiera otro avispado, como fue el desconocido Alonso Fernández de Avellaneda que sacó una continuación de la primera parte con el título de *Segundo tomo del ingenioso hidalgo don Quijote de La Mancha*, más conocido como el *Quijote de Avellaneda*, publicada en el año 1614, nueve años después de la impresión de la primera de Cervantes (1605), y uno antes de la segunda (1615), lo que no evitó que con posterioridad al fallecimiento del insigne escritor, hubiera otros autores que tomaran el nombre y las características del personaje para escribir continuaciones de todo tipo, situadas en la misma época en donde se desarrolla la original o en un futuro que llega incluso hasta nuestros días.

No es difícil suponer, entonces, que una suerte similar haya corrido el otro protagonista del Quijote, Sancho Panza, e incluso otros personajes secundarios de la obra.

En este caso nos vamos a referir a las mujeres que rodean en su ámbito familiar al fiel escudero, empezando por su esposa, Teresa Panza, que aunque en el libro se cita que tiene varios hijos

Don Quijote muere al final de la segunda parte de la obra original de Miguel de Cervantes, algunos dicen que para que no hubiera otro avispado, como fue el desconocido Alonso Fernández de Avellaneda que sacó una continuación de la primera parte con el título de *Segundo tomo del ingenioso hidalgo don Quijote de La Mancha*, más conocido como el *Quijote de Avellaneda*, publicada en el año 1614, nueve años después de la impresión de la primera de Cervantes (1605), y uno antes de la segunda (1615), lo que no evitó que con posterioridad al fallecimiento del insigne escritor, hubiera otros autores que tomaran el nombre y las características del personaje para escribir continuaciones de todo tipo, situadas en la misma época en donde se desarrolla la original o en un futuro que llega incluso hasta nuestros días.

No es difícil suponer, entonces, que una suerte similar haya corrido el otro protagonista del Quijote, Sancho Panza, e incluso a otros personajes secundarios de la obra.

En este caso nos vamos a referir a las mujeres que rodean en su ámbito familiar al fiel escudero, empezando por su esposa, Teresa Panza, también llamada por Cervantes en diferentes partes de su obra como Teresa Cascajo, Teresa Sancha, Juana Gutiérrez y Mari Gutiérrez, y aunque en el libro se cita que tiene varios hijos, solo se dice el nombre de uno de ellos, en realidad una de ellos, Sanchica, la mayor, que en tiempos de las correrías del ingenioso hidalgo debería contar con unos catorce años y que al igual que su progenitora fue otra figura que mereció ser recordada por otros escritores para participar, incluso protagonizar, algunos libros, mayormente obras de teatro.

Teresa Panza no es la protagonista única de *Desconocida aventura de Teresa Panza* (1918, posible, o 1931, según las fuentes), la novela que Clovis Eimeric, seudónimo de Lluís Almerich i Sellarés (1882-1952), un escritor de éxito en su época, porque en ella aparece el mismo Don Quijote y Sancho Panza, que el uno sigue inmerso en su locura y el otro ya no es gobernador de una ínsula, sino que dirige un principado, cargo otorgado por el conde de Patidifús, que imita en cierta forma, siempre en tono de chanza por no decir burla, con lo que los duques de Villahermosa cuando entregaron al escudero.

En *Desconocida aventura de Teresa Panza*, la esposa de Sancho sale en busca de su marido, considerándose ella a su vez princesa, pero en el camino se encuentra con Ginés de Pasamonte, el truhan del episodio quijotesco real de los galeotes, que ya apalizó junto a sus secuaces a caballero y escudero en la citada aventura y que ahora actúa como un hombre sin alma que engaña a Teresa Panza cuando se la encuentra en su periplo, degradándola hasta un caso extremo, aunque finalmente sale bien librada.

Pasamos, tras dar la sinopsis del libro que tienen en sus manos, las otras obras donde Teresa Panza tiene un papel protagonista, casi todas ellas de muy reciente escritura.

Utilizando un orden cronológico y partiendo de la base de que algún título se le ha podido escapar al autor de este prólogo, hablaremos en primer lugar de *Teresa Panza en Buenos Aires*, de Irma Cairoli (1968); la siguiente a citar es *Teresa Panza* (2006), una obra de teatro de Brígido A. Redondo; también es teatral, y musical, *Doltza, Dulcinea Quijote vs Teresa Panza de Maite Agirre —Doltza. Dultzinea Kixote vs Teresa Panza* en euskera— (2010; *Los manuscritos de Teresa Panza*, de Paco Arenas (2020) y, por último una obra, de nuevo un musical, titulada *A contar Quijotes*, adaptación de la novela de Cervantes al público infantil creada por Producciones Teatrales de Castilla-La Mancha (2025) en la que es Teresa Panza la que acompaña en sus singladuras a Don Quijote.

Sanchica también tiene sus libros, dedicados a ella como protagonista, coprotagonista o personaje de importancia dentro de la trama.

Así, empezamos por uno de los cuentos incluidos en *Cuentos de la Alhambra*, de Washington Irving, titulado *Sanchica y las dos estatuas discretas*, o simplemente *Las dos estatuas dis-*

cretas (1829-1832), en la que la protagonista, una muchacha llamada como la hija de Sancho y Teresa pero que no es ella, recibe el nombre de Sanchica, suponemos que en homenaje a esta; *Sanchica, princesa de Barataria*, de Ignacio Amestoy (2005), reescrita como *Quijote. Femenino. Plural* (2015); *Yo soy Don Quijote de La Mancha*, de José Ramón Fernández (2010), cuya sinopsis propia dice «un Quijote argentino. Y un Sancho. Y una Sanchica. Es decir, personas que se cuestionan que las cosas sean como son y no tengan remedio...»; *Sanchica y Aldonza, mozas andantes*, obra de teatro del año 2017 escrita por Juan Ramón Torregrosa.

Ricardo Muñoz Fajardo

Clovis Eimeric

BIBLIOTECA SELECTA

Desconocida aventura de Teresa Panza

28

RAMON SOPENA

Provenza 95-97
BARCELONA

I

ELLO fue que caminando el invencible caballero don Quijote de la Mancha con su no menos famoso escudero Sancho Panza, el primero de nuestros simples y ambiciosos, crédulo y desconfiado, que es tanto como decir un labriego cualquiera, que así todos eran en tiempos del padre del habla castellana don Miguel de Cervantes, a quien para contar esta aventura pido venia; ello fue, digo, que un recodo del caminejo vecinal les descubrió la venta o mesón en que comienza este olvidado y jamás escrito episodio de su gloriosa historia.

Cide-Hamete Benengeli.

Y tengo para mí que ni Cide Hamete, ni el excelso Manco, ni mucho menos el follón de Avellaneda o quien fuese el ladrón de famas que escribió el falso *Quijote*, ninguno de estos tres quiso numerar entre las aventuras que componen la inmortal novela esta que voy yo a contaros, porque no fue llevada a cabo y término por la valentía del vencedor de los leones, como tampoco por la mentecatez del gobernador de la ínsula. pues habéis de saber que hablaremos de Teresa Panza, a quien los autores tratan con cierto menosprecio, como si ella no fuese personaje principal. Teresa Panza, amigos míos, es, como tendréis sabido y resabido, por cuanto os supongo buenos españoles y por tanto lectores, estudiantes, y más, sabedores al dedillo del libro más bello y sabio que produjo y haya de producir el humano ingenio; es, añado, Teresa Panza una zafia con atisbos de lista; una mujer de nuestras Castillas a quien, si para gobernadora le faltaba mucho, para discreta le faltaba sólo un poco de instrucción. Lo mismo les sucede a las labriegas todas. ¡Dios mío! ¿Cuándo practicaremos todos la obra de misericordia de enseñar al que no sabe?

Digo, pues, que el ser Teresa Panza la protagonista de este notable suceso que nos ocupa, debió ser la causa de que desdeñasen contarlo los historiadores de su tiempo. Y yo voy a remediar el voluntario olvido sacando de la obscuridad en que estaba el hecho más gracioso de la rolliza mujer del escudero.

Decíamos y decimos que don Quijote y Sancho vieron en la revuelta del camino un ventorro.

—El castillo de Pirandón el Trujimán está ante nuestros ojos, Sancho amigo —dijo don Quijote.

Pero Sancho, que tenía muchas más ganas de cenar que de aventuras, replicó:

—Mire vuesa merced que así es eso un castillo como yo un milano. Al ventorro del Cojo nos acercamos, y le digo, señor, que hay en su bodega un vino de más virtudes y de mucho más regalo que el inolvidable bálsamo de Fierabrás.

Rebuznó, en esto, el rucio, que, como recordaréis, era el burro en que Sancho cabalgaba, y Sancho añadió:

—¿Oísteis, mi amo, cómo mi borrico ha olido la paja?

—Y eso ¿qué importa? En los castillos hay caballerizas, pedazo de alcornoque.

Sancho quiso cortar en su primer momento la nueva locura de su amo.

—Venta es lo que vemos, señor don Quijote, y por esta vez no me harán sus fantasías que tome una venta por castillo. Con el hambre que llevo no haya miedo a que me equivoque, pues así como el rucio olió el pienso he venteado yo el arroz con longanizas, que el demonio me lleve si no lo está guisando la ventera.

—A los villanos como tú —repuso don Quijote—, el hambre les hace ver alimentos; a los exaltados como yo, hácenos el hambre imaginar más nobles desvaríos. Por esta vez, Sancho, a tu modo de ver me atengo, y sea venta lo que tomé por castillo y veamos si hay ese arroz con longanizas que dices que venteaste, pues por mi ánima te juro que le he de meter el diente con tal furia y denuedo como si los granos fuesen moros y califas los tropezones de embutido.

Así como lo pensaban lo hicieron mano a mano. Don Quijote era parco en la mesa, con lo que acabó bien pronto, y no así Sancho, quien no cesó en su empeño hasta dejar seco el jarro y reluciente la cazuela,

Finado el yantar hubieron de buscar descanso amo y escudero en un mismo lecho, de esos que llaman de tarima, por ser el tal catre como el Pontífice en la Cristiandad: uno solo. Acostados estaban ya, cuando don Quijote dijo:

—Por tus antepasados te ruego, Sancho hijo, que si hay orquesta esta noche, no me hagas fiesta y serenata más que con tus ronquidos, pues has de saber que nunca se honró a caballeros andantes con música de vientre.

—Duerma tranquilo, mi señor, que así reviente como un triquitraque, no haré tal.

—En la palabra fío. No cuentan las memorias que para componer esta historia tenemos a la vista si Sancho cumplió aquella promesa, ni nos importa un bledo averiguarlo. Lo que sí sabemos es que, pasada la media noche, el escudero empezó a soñar dormido, al revés que su amo, que siempre soñaba despierto. En sueños Sancho rebullía tan desasosegado, que despertó al caballero, cuyo sueño era ligero como el de una grulla, y admirado quedó al ver que su fiel criado reía en sueños a mandíbula batiente.

—¡Despierta! —le gritó—, que quiero que me cuentes ese tu sueño tan regocijado, por si fuese alguna broma de mis encantadores a quienes he de brear a lanzadas así como amanezca.

Despertó Sancho, y malhumorado, dijo:

—¡Por mi vida, señor, que siempre habéis de estar pensando en encantadores! De nada de eso era el sueño mío, sino de un suceso pasado que siempre me hace reír como si me hurgasen con cosquillas.

—Me dirás cuál es ese suceso; y si de tal índole fuese que requiera desagravio, pelea, reto o justa, vuelta de la justicia hollada, venganza de honor manchado, liberación de cautivo, o bien, porque a todo estoy llamado, desencantamiento de mil doncellas de estirpe real, ten por seguro que dejaremos este lecho, me ceñirás las armas y antes de que el alba luzca estará el campo sembrado de cadáveres; yo vencedor, y tú dueño de un rico botín.

—¡Ay señor, señor! ¡Más loco está vuesa merced que una tarabilla! Mentira parece que de un orate así se haya podido escribir la historia más famosa del mundo.

—Tú ignoras, ¡oh zote, zafio y zompo!, que no estriba en el loco el mérito, sino en su locura. La locura mía, Sancho, para que lo sepas y entiendas, si leyeres mi historia, es la locura de las almas buenas que quieren desprenderse de las impurezas de la vida, que proclaman el bien y sienten por el mal arrebatos de indignación. Y esto resulta locura, porque entre los hombres, malos, pecadores, el que no es malo ni peca, o es loco o es santo. Pero dejemos eso y dime, en fin, qué sueño así te hizo reír temblándote el ombligo.

—A decíroslo voy —replicó Sancho—. Mas tened presente, mi señor don Quijote, que si me cortáis el hilo no acertaré a anudarlo. Conque, así, dejadme relatar de punta a cabo mi sueño; que más vale no romper que atar; quien mucho habla, mucho yerra; cada cual con su razón y el que tiene lengua a Roma va; con más que la mejor palabra es siempre la que se queda por decir. Pues ha de saber vuesa merced que no hablaré palabra si antes no me promete y fía que no me molerá a palos por lo que dijese. Que no diré tal sin esa promesa, porque no olvido que por la boca muere el pez.

—¡Ah condenado malandrín, tan zafio como desconfiado y cazurro! ¿Hablarás de una vez? ¿De cuándo acá los rufianes como tú piden su palabra y promesa a los caballeros?—Mis posaderas y costillas defiendo, pues vuesa merced, si caballero se es en las aventuras, como arriero pega.

—¿En qué parte de mi gloriosa historia leíste eso, bellaco?—No lo he leído; mas ando precavido para que no se lea.

—Habla ya, zopenco.

—Sea, mi señor. El caso de mi sueño no es otro que aquel de los melones. Vuesa merced tomó un melonar por un ejército emboscado; creía vuesa merced que las sandías eran bruñidos cascos de guerreros agazapados que a lo largo de los surcos esperaban el momento de alzarse fieros y acometer. sañudos. No recordaba vuesa merced que es impropio de melones luchar.

—Así tú, grandísimo melón, rehúyes toda ocasión de pelea, y en la venta, como en mi duelo con el Caballero de los Espejos, me dejaste solo. Así cuando los batanes te desgraciaste tan cobardemente que aún recuerdan mis narices de tu desgracia.

—Quédese atrás ese lance, señor.

—Atrás se quedó de suyo, y como tú dijiste, peor es meneallo. Pero dime al

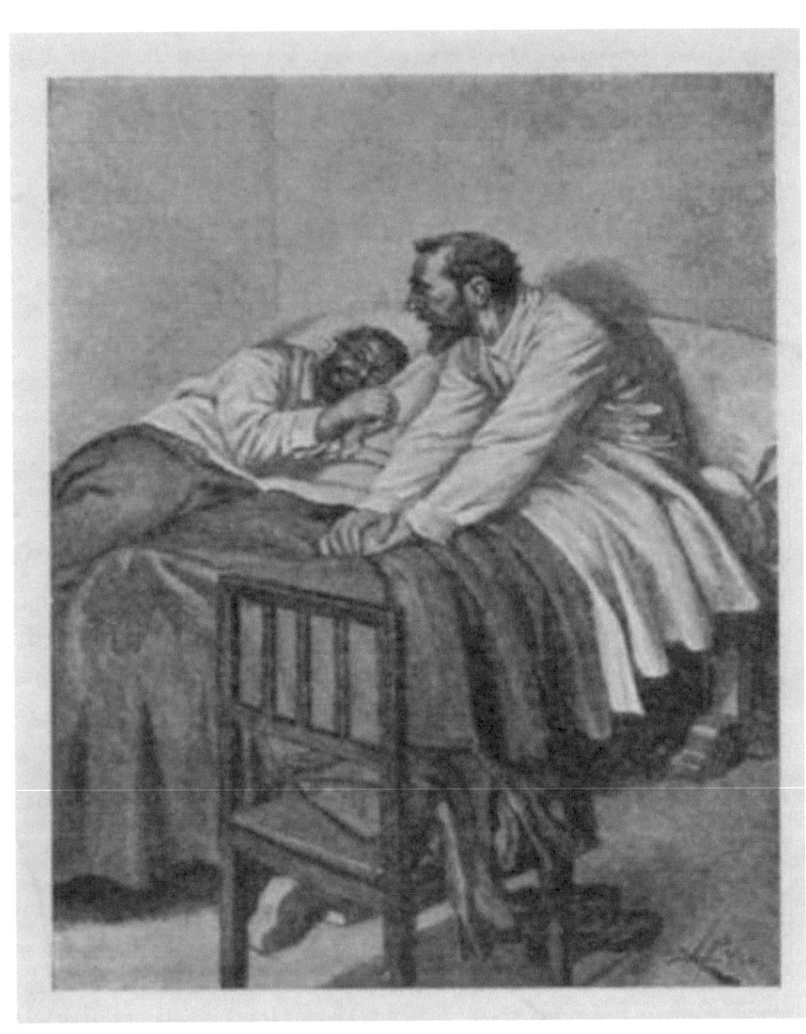

fin, Sancho amigo, cuál fue tu regocijado sueño.

—Diciéndolo iba. No eran emboscados guerreros sino humildes y sabrosos melones. Mas vos, imaginando otra singular y jamás concluida aventura, picasteis espuelas al pobre Rocinante y allá os metisteis por el melonar. Salió en defensa de sus melones el que dentro de una choza los guardaba, y ¡vive Dios que era hombre de buen brazo y mejor puntería!, pues con una honda de dos varas que tenía empezó a arrojaros piedras como puños, y una os dio en el peto y le hizo una abolladura, y otras dos en los cascos.

—En el yelmo dirás.

—En los cascos de Rocinante.

Autores: Fernando Selma y José del Castillo

—¡Ah follón! ¿De dónde sacas, mísero villano, esa maldita gracia de hacer chistes?

—Sepa vuesa merced que llegará un día en que los españoles gastarán el jugo de su meollo en hacer parecidos chistes y comparaciones así de ingeniosas como ese mío de los cascos.

—Pues si tales edades llegan, Sancho hijo, habrá caído esta gloriosa nación en la mayor vergüenza. ¿Crees tú que eso es cosa de mérito? Verás cómo no. ¿En qué se parece un camino real al escudero de don Quijote?

—No lo sé, mi amo.

—En que es Sancho.

—¡Atiza! Eso no es decir nada.

—¿Cómo que no? En que es ancho, dije.

—¡Ahú!, ¡ahú!, ¡ahú!

—¿Aúllas, menguado?

—Es así como se celebrarán las majaderías en los tiempos venideros.

—¿Aullarán los hombres?

—Sí, mi amo.

—Quiere decirse que llegará día en que en España los hombres hagan lo que los perros. Y dejemos eso. A mi supuesta aventura de los melones vuelvo, para decirte que eso no lo has soñado tú; eso lo inventó un envidioso de mi creador, el excelso don Miguel de Cervantes. No sé si sabrás, hijo Sancho, que ese tal envidioso que dicen si se llamaba o no Avellaneda, farfulló y publicó una segunda parte de mi historia toda plagada de porquerías y zafiedades. En ella figura ese falso hecho de los melones.

Y después de pensarlo un poco tiempo, el Caballero de la Triste Figura añadió estas otras sabrosas razones:

—No creas, ¡oh Sancho!, que le falta a esa injuriosa invención un fondo de verdad. Porque en verdad te digo que el más grande dolor de todo hombre de talento es el de andar siempre peleando con melones. Y para tu saber te añado que no sé cuál es más de temer: si una legión de lanceros o una grey de melones. Pero, ¿qué tienes, Sancho? ¿Por qué así pierdes el color y te erizas? ¿Qué peligro barruntas por el que de tal modo tiemblas?

El curioso lector debe imaginar por qué temblaba Sancho, pues es cosa que no podemos decir.

II

ESTAMOS ahora en aquel lugar de la Mancha de cuyo nombre don Miguel no quiso acordarse y dicen muchos que era Argamasilla de Alba. En este lugar vivía, como es sabido, Teresa Panza, digna esposa u oíslo, como en el libro inmortal se lee, del glorioso escudero.

Roma era de entendimiento Teresa Panza; pero no tanto que algunas veces no juzgase mal de las sandeces y embelecamientos de su marido por esos mundos de Dios metido a escudero del más destornillado y valeroso caballero andante que los siglos vieron; y aunque llegar a gobernadora de tal o cual ínsula hacíala transigir, algunas veces renegaba de don Quijote y de toda su casta, que así la condenaba a vivir viuda sin serlo.

Mas ocurrió que un vecino de Argamasilla, de los que en aquel tiempo se llamaban burlones o chuscos, y ahora llamamos guasones, encontró a Teresa Panza, que de la colada venía, y sin más ni más, con fingida seriedad, la dijo:

—Sabréis, Teresa, como no sois ya la esposa del gran Sancho.

—¿Qué me decís?

—Os digo que el Preste Juan de las Indias Subterráneas ha dispensado al gran Sancho del voto matrimonial, le ha descasado de con vos para darle nueva y más lucida esposa en la serenísima princesa Pingolatracamundana del Apompolí, dueña de un principado en tierras de Flandes.

—¡Ay condenado! —dijo Teresa—. ¡Dejarme a mí, su Teresa, por una Pingolatracamundana! Yo le pelaré las barbas aunque lo guarden y defiendan todos los esbirros y sargentos del Apompolí.

Y así pensando, Teresa fuese a casa, se puso la mejor ropa que tenía, tomó algunos escudos, enalbardó la burra negra, prima hermana del rucio, y se dispuso a salir en busca de su marido desleal.

—¿Adónde vais, señora Teresa? —la preguntó un vecino de esos que están ya empedernidos en la broma y tomaduras de pelo.

—Al Apompolí voy —respondió Teresa— en busca del gran rufián de Sancho, que dícenme que por allí casó con una princesa. Por mi ánima te juro que le he de traer tan arañado que no le vas a conocer.

—¡Muy bien hecho! Así deben proceder las mujeres de vuestro temple, Teresa. Yo mismo os ayudaré a subir a la burra: no os duela pisarme las costillas.

De esta manera pudo Teresa sentarse sobre la albarda, y salió del pueblo con más coraje que el mismo caballero andante. Como Teresa nunca había salido de Argamasilla más allá del río Guadiana,

que por allí discurre, en cuyas aguas no siempre puras y cristalinas, lavaba ella sus ropas, así como se alejó media legua de poblado, imaginó hallarse en tierra extranjera y ya cercana al Apompolí, y como llegase a un cruce de caminos y no supiese por cuál tomar, esperó que alguien viniese para preguntarle.

Sucedía esto pocos días después de aquel tan glorioso en que don Quijote libertó a los galeotes, llamados así porque eran criminales condenados a remar en los barcos que se llamaban las galeras. Hoy les llamaríamos penados o presidiarios, y no irían a remar, puesto que los buques navegan por la fuerza del vapor, por lo que se llaman vapores. Como es

Episodio de los galeotes

sabido, uno de los presidiarios a quien libertó don Quijote se llamaba Ginés de Pasamonte y era sujeto de mala sangre, de oficio bandolero y candidato a la horca.

Pues este tal Ginés, así que se vio suelto robó la ropa a un alguacil, a quien asesinó, y ya con este disfraz caminaba buscando a los de su cuadrilla. Y fue el primero que pasó por el cruce de caminos en donde se hallaba detenida, sin saber por dónde ir, la mujer de Sancho Panza.

Ella que le vio, tomándole por quien no era, le dijo de este modo:

—¡Alabado sea Dios! No creía yo que en tierras de Flandes vistiesen los ser

Alguacil

vidores de la justicia lo mismo que en mi lugar.

—¿Cómo decís, buena mujer?

—Digo, señor alguacil, que no pensaba encontrarme con uno de vuestra profesión por estas alejadas naciones.

Ginés de Pasamonte, que era listo como dicen que lo fueron Cardona, Lepe y su hijo, se dio en seguida cuenta de que estaba hablando con una necia o loca, y siguiéndole el aire, respondió:

—De parte del rey nuestro señor he venido a estos países con una misión que no puedo revelar. Y vos, buena mujer, ¿cómo os habéis atrevido a caminar sola por regiones tan apartadas, que más cerca estamos del Polo que de Argamasilla, por ejemplo?

—Yo, señor alguacil, aquí donde me veis, soy nada menos que la esposa legítima del príncipe marido de Apompolí, a quien antes llamaban Sancho Panza, y el cual, antes de ser príncipe, fue escudero del famoso caballero andante, flor y nata de la española andante caballería, don Quijote de la Mancha.

Oír Ginés estos nombres y ponerse muy en cuidado fue todo uno.

—Y ¿vais en busca de vuestro marido?

—A buscarle voy, y mal lo ha de pasar si lo encuentro, que no se deja una Panza como yo por mujer ninguna, así sea todo lo Pingolatracamundana que se quiera.

—¡Ah señora Teresa, señora Teresa —dijo Ginés haciendo grandes aspavientos—, cuánto me alegro de verla buena, digo, de haberla encontrado! Pues habéis de saber, señora mía, que la misión secreta que yo traigo a Flandes del rey nuestro señor, no es otra que rescatar para el Estado de España, sacándolo de los brazos y devaneos de la Pingolatracamundana, a persona de tanto valer como a vuestro marido don Sancho Panza...

—¡Loado sea Dios! ¿Eso me decís?

—La verdad digo, señora. Conque, así, caminemos juntos que yo sé en dónde se halla el Principado del Apompolí y no ha de pasar la noche sin que lleguemos al palacio del Tesifón, que es donde moran

Un posible palacio de Tesifón

el príncipe, vuestro verdadero marido, con la Pingolatracamundana, su falsa mujer.

Teresa creyó lo que el fingido alguacil la decía y se dejó llevar confiando en que serían verdad todos aquellos embrollos. Ginés la condujo por no muy usados caminos hasta irla metiendo poco a poco en unos pinares. De modo que al llevar una hora de camino, Teresa Panza estaba en un bosque y en manos del bandolero. Ella, sin darse cuenta del peligro, iba tan contenta.

—Lo que menos esperará el grandísimo bellaco de Sancho —decía— en su principado, es que seamos llegados vuesa

Gines de Passamonte.

merced, señor alguacil, y yo a desbaratarle su matrimonio ilegítimo.

—Hablad quedo, mi señora doña Teresa, que nos hallamos ya en los dominios del Apompolí y pudiese oírnos algún súbdito de vuestro esposo y prendernos. Y más os debo decir: que convendría que os desnudaseis.

—¿Desnudarme decís?

—Desnudaros, digo; pues habéis de saber, Teresa, que en estos reinos de Flandes, y más en este Principado del Apompolí, es uso que las mujeres anden sin más ropas que una camisa.

—Así será como decís, señor golilla, mas yo os respondo que en mi tierra de la Mancha no son acostumbradas semejantes porquerías, y así me guardaré de desnudarme como de volar.

—¡Desventurada de vos! ¿Ignoráis la ley de este país en que nos hallamos? ¿No sabéis que aquí, por la premática de *faldamentum estorbantis*, mandan ahorcar sin confesión a cualquier hembra que hallaren vestida? Como las mujeres son todas por condición suya embusteras, y como la verdad suele pintarse desnuda, es la regla aquí desnudar a las mujeres para que se parezcan algo a la verdad. Seguid sin chistar más mi consejo, bajad de la burra y quitaos luego todas las ropas si no queréis acabar vuestros días empalada, en aspas, o del modo, no menos definitivo, que con los cerdos se usa, esto es, degollada.

—¡Ah señor alguacil, nunca tal creyera! Hubiéralo yo sabido y no viniera jamás a estos malditos reinos; que una manchega antes perdona cien maridos que dejarse ver por esas calles desnuda. Y decidme, ¿acaso la Pingolatracamundana, la falsa esposa de mi marido, andará en cueros?

—Como Eva antes del pecado. Mas no gastéis más tiempo ni saliva y desnudaos ya, no andemos tentando al Diablo. Ante estas engañosas razones la mujer de Sancho Panza empezó a aligerarse de ropa con gran contento de Ginés, que no otra cosa sino robarle cuanto llevaba encima pretendía.

Así sucedió como él lo pensaba, pues apenas Teresa Panza estuvo, como

56

suele decirse, en paños menores, Ginés se abalanzó a ella gritando:

—¡Ah deshonesta y descarada, yo te daré tu merecido!

Y sin que ella pudiese defenderse, en menos que se dice, ya la había trincado y rodeado con unos cordeles que el muy traidor llevaba escondidos. No le valieron a Teresa gritos, forcejeos ni arañazos, porque Ginés era más fuerte y más diestro, y así, la pudo amarrar al tronco de un árbol en ignominiosa sujeción y aspecto.

—Serenísima esposa del príncipe del Apompolí —la decía—, ahí te quedas. Tan necia eres como el papanatas de tu marido. Me llevo tu ropa y tus dineros. que a ti, siendo como eres una tan alta dama, no te faltarán brocados ni monedas. En tanto acuden los escuadrones de tu marido puedes rascarte el lomo contra el árbol. ¡Adiós, Teresa Panza!

Hizo Ginés un lío con las ropas de ella y se marchó. Teresa se desgañitaba:

—¡Maldito seas, alguacil del Infierno, corchete de Satanás, ladrón, asesino! En cuanto mi marido, el príncipe, sepa de qué modo me has ultrajado y robado, te ha de mandar colgar de un pino para que bailes una zapateta.

Ginés se reía. Montó en la borrica, la guizcó duro y salió el animal tirando coces a buen paso.

III

NO paró en esto la mala acción de Ginés de Pasamonte. Sabedor como era de que don Quijote y Sancho se hallaban entonces en la villa del Toboso buscando a Dulcinea, ideó el bandido una nueva treta para reírse del amo y del escudero. Y fue esta jugarreta la de enviar a uno de los de su cuadrilla a ver a don Quijote con el encargo que se dirá.

Llegado el mensajero y puesto al habla con el caballero andante, se postró de hinojos y habló así:

—¡Oh, perínclito señor don Quijote

de la Mancha, espejo y gloria de la andante caballería! De parte de mi señora doña Ninguna vengo a traerte un presente que será como prenda y lazo del amor que te profesa. Esta mi señora doña Ninguna hácese nombrar por ese nombre, que nada significa, porque se halla encerrada en un castillo en poder de tres endriagos, cinco ogros y siete gigantes caraculiambros; prisión, cautiverio y encantamiento de que espera ser libre por el formidable empuje de tu lanza. Corre, pues, a salvarla y desencantarla, invicto y famoso caballero, y será la más estupenda aventura de cuantas galardonan tu historia maravillosa.

—¡Oh tú quien seas, enviado de quien vengas —clamó don Quijote—, yo te juro y prometo por la orden de caballería que recibí y a que pertenezco, que tu dueña y mi señora doña Ninguna sana y salva saldrá del castillo roquero en cuyas mazmorras pena, así la guarden todos los endriagos, ogros, caraculiambros, tripotantes, corniaceros, fantasmas, trasgos, gnomos y cuantos engendros pueda poner frente a mí el mago follón que me persigue! Dime, pues, valeroso paje que arrostrando tantos peligros, vadeando mares, tramontando montes, entre ejércitos sitiadores, por selvas pobladas de fieras, a buscarme vienes, dime dónde está ese encantado castillo, que así fuese en los cuernos de la Luna, allá irá mi denuedo y verás cómo la fuerza de mi brazo hunde, derriba, desmorona, machaca y pulveriza.

—No esperaba otra cosa, mi señor don Quijote, la dolorida doña Ninguna. Mas no os será preciso demoler, como podéis de un solo tajo, el castillo y aun los montes altísimos que lo rodean: el presente que os traigo de mi afligidísima señora es un talismán que por sí sólo hará hundirse el castillo no quedando piedra sobre piedra. Lo que de vos espera doña Ninguna es que venzáis al ejército de enanos albañiles que en dos minutos lo reconstruye.

—¿Magos albañiles a mí? ¡No ha de quedar uno!

—Tomad, pues, el talismán.

—Lo que me entregas, amable paje, no parece otra cosa sino unas ligas de mujer.

—Así es como lo ven tus ojos, insigne caballero. Las ligas son de doña Ninguna, que tienen la asombrosa virtud que te he explicado.

Eran, como habrá adivinado el curioso lector, las ligas de la mujer de Sancho Panza.

—No reparéis —dijo el paje— en que esas ligas no huelan a perfumes asiáticos, como es de esperar que trasciendan las de señora tan principal como la mía, ni os detenga tampoco que no sean de seda ni que estén en mal uso. Habréis de saber que mi señora doña Ninguna de todo carece en la prisión a que se halla reducida y en la que lleva quinientos mil años, dos meses y tres días.

—Así te creo como lo dices. Mas respóndeme ahora: ¿qué debo hacer con estas ligas que me traes para acometer la aventura?

—Pondrás, valerosísimo caballero, esas ligas en la punta de tu lanza y, cuando vieres un castillo que pueda ser el que sirve de cárcel a doña Ninguna tocarás en el muro con las ligas y dirás: «¡Caigan los torreones, los matacanes y los balcones; húndanse las torres y las almenas, como arrancadas por ciclones! ¡No queden ratas ni ratones!». Así como dijeres esto, si el castillo es aquel en que se halla mi señora

doña Ninguna, verás cómo empieza a agrietarse y se desploma. Entonces tú, ¡oh adalid formidable!, no tienes más que ir ensartando endriagos, enanos y demás chusma en tu acero.

Se marchó el grandísimo pillo que enviara con estos embustes Ginés de Pasamonte dejando a don Quijote turulato. Pero no era el glorioso caballero para andarse en dudas: ató las ligas a la punta de su lanza, como aquel granuja le dijera, montó en Rocinante y salió por las calles del Toboso dispuesto a merendarse endriagos y gigantes como si fuesen aceitunas.

Y como es sabido que don Quijote estaba loco de remate, sucedió que todas las casas del lugar, así las señoriales como las más modestas, empezaron a parecerle castillos encantados, y era de verle tocar a una y otra pared con su lanza, en cuya punta llevaba el atadijo de las ligas, y decir con grandes voces:

—¡Caigan los torreones, los matacanes y los balcones; húndanse las torres y las almenas como arrancadas por ciclones, no queden ratas ni ratones!

Las gentes se asomaban al oírle, y fue gran fiesta en el pueblo su locura.

IV

MUY ajeno estaba Sancho durmiendo la siesta, sin pensar en que su amo anduviese sirviendo de mofa al vecindario, cuando vinieron a decirle lo que pasaba. Marchó a toda prisa junto a don Quijote por si necesitaba de sus servicios, y se halló, como queda dicho, queriendo derribar las casas, que él creía castillos, por la virtud de unas ligas viejas.

Cuando Sancho las vio, empezó a dar muy lastimeros gritos:

—¡Mire, mi señor, que esas ligas son las de mi mujer Teresa Panza! Bien las conozco que se las compré yo mismo en

la feria de mi pueblo hace seis años. ¡Desventurado de mí, que esa tal doña Ninguna otra no es que mi amada esposa! ¿Cómo ella, que no sale de casa apenas, ni es de un belleza que enamore, ni tiene zafiros por ojos ni perlas por dientes, sino ojos una pizca remellado el uno, y dientes, y no todos y picados; cómo ella, digo, va a ser presa de endriagos, ogros y encantadores, siendo así como es fama que los tales sólo encierran y encantan doncellas hermosas?

—El mago que nos persigue te hace ver en estas de doña Ninguna las ligas de tu mujer, Sancho.

—Déjeme a mí de magos, que las conozco, y pues andan por aquí las ligas, no andarán muy lejos las piernas. A buscarla me voy, y quédese vuesa merced con su manía.

Obrando así Sancho cuerdamente una vez, empezó a hacer indagaciones, y como le dijeran en un mesón que en cierto paraje de los pinares hubiese aparecido desnuda y atada a un árbol una mujer, se encaminó allá Sancho montado en su rucio, y quiso su mala suerte que en el camino se encontrase a uno de los de la cuadrilla de Ginés de Pasamonte, a quien el muy sandio hubo de preguntar:

—Dígame, buen hombre, ¿sabéis vos en qué lugar de estos pinares y carrascales se halla atada a un árbol mi mujer?

Retrato de Teresa Panza, a la que no hace falta
poner en ridículo siempre

—Según preguntáis —dijo el forajido—, vos sois el simplicísimo Sancho Panza, memo de condición, tonto de nacimiento.

—¡Teneos! Sujetad la lengua, que no soy tan poca cosa como pensáis. Que como el hábito no hace al monje y una mala capa encubre un buen bebedor, así bajo mis ropas humildes de escudero se halla, vive y respira nada menos que el gobernador de la ínsula Barataria.

—¡Hola, hola! —exclamó el bandolero—. Pues ahora veremos qué tal le prueba a su señoría una buena tunda.

Y desenvainando la espada empezó a dar a Sancho cintarazos tan fuertes que

Palizas que recibió Sancho Panza en la obra original del Quijote, el de Cervantes. Arriba, el episodio de los yangüeses, capítulo XIV. Abajo, el episodio de la venta, en el capítulo XVIII, ambos dados en la primera parte

de cada uno le quedaba al pobre un cardenal o túrdiga de una vara de largo.

—¡Ay de mí! —clamaba Sancho—. ¡Mi autoridad de gobernador desconocida, molida mi espalda! ¡Ay de mí!

—Gobierna tu burro, pedazo de alcornoque —decíale el que zurraba.

Mal lo hubiese pasado Sancho si no aciertan a pasar por allí cerca unos cuadrilleros de la Santa Hermandad, que eran entonces como la guardia civil ahora, y al verlos, el bandido huyó como alma que se lleva el diablo, pues es cosa vista que los malhechores son tan buenos amigos de los guardias, que siempre tratan de ahorrarles el trabajo de prenderles y conducirles.

Cuadrilleros

V

SEPAMOS ahora qué había sido de Teresa Panza. La pobre quedó, como recordará quien leyere, atada a un árbol y en camisa. Pues así pasó la noche sin que alma humana oyese sus incesantes alaridos y juramentos: tal era de solitario y temeroso aquel escondido seno de los montes. A falta de otra mejor compañía, túvola Teresa de conejos que, cuando estaba callada, hasta sus pies mismos se llegaban juguetones, y cuando ella se quejaba, huían rápidos con las orejas al hombro.

¡Menos mal si sólo los menudos lepóridos, o sean los conejos y las liebres, hubiesen sido los únicos compañeros de Teresa durante aquella noche! Lo que vino a. complicar el asunto fue una formidable manada de lobos. Traían los ojos como ascuas, aullaban fieramente; al olor de la carne acudían con excelente apetito, y estaba Teresa esperando el horrible momento en que los feroces animales empezasen a sacar chuletas de sus nalgas. Aquí acabaría la historia de Teresa Panza si Dios no hubiese sido servido de enviar en su socorro a lo que los incrédulos llamarán la casualidad y fue la Providencia.

Consistió ello en que los guardabosques habían envenenado una res que cerca del árbol donde Teresa padecía amarrada, dejaron. Los voraces lobos, como encontraron antes aquella presa, se cebaron en ella. No acudirían a comerse a Teresa Panza hasta despachar este primer plato.

Que les hizo daño inmediatamente: así como la probaban empezaban a sentir horrendos retortijones en las tripas, caían aullando retorcidos, y, por fin, en una pataleta finaban.

Con todo, la vida de Teresa no estaba segura, pues uno de los lobos, que debía ser muy delicado de gustos, le hizo remilgos a la carne muerta y se vino a la carne viva. Teresa temblaba de terror. El lobo empezó a olerla por una y otra parte, como eligiendo el lugar de donde tomaría

su ración. De pronto dio un resoplido y alejose: Teresa Panza olía muy mal. El curioso lector habrá adivinado por qué: de miedo.

Así, de modo no muy limpio, salvó Teresa Panza su pellejo, con lo que probado queda que nada es inútil y que las cosas más despreciables suelen prestar excelentes servicios.

Amaneció por fin, y a poco de haber amanecido los guardabosques, que venían a ver el resultado de sus envenenados cebos, hallaron a Teresa en tan lastimoso estado y la desataron del árbol. Ella, corrida de vergüenza de que la viesen desnuda, tan innoblemente manchada, apenas

Tony Johannot: *Teresa en la iglesia como gran señora*
(1877)

estuvo suelta escapó de los guardabosques que la tomaron por loca.

Con lo que Teresa empeoró su situación, pues los guardabosques dieron parte a la justicia de que andaba por los campos desnuda una mujer demente, y pronto Teresa Panza fue hallada, detenida y encerrada en un manicomio.

—Yo soy —gritaba a los loqueros— la esposa legítima del príncipe del Apompolí, vuestro señor. ¡Soltadme!

Y los loqueros, al oír tales disparates, se decían unos a otros:

—Esta no tiene cura.

Muchos trabajos e indagaciones costó a Sancho Panza averiguar el paradero de su mujer. Cuando lo supo se fue a las

...Sancho se hincó de rodillas e imploró de este modo:

puertas del manicomio y esperó que saliese el galeno mayor encargado del establecimiento. En la ocasión propicia Sancho se hincó de rodillas e imploró de este modo:

—Por Dios, señor galeno mayor, prez y honra de la galenería, que soltéis os pido a la que ahí dentro se quiere hacer pasar por esposa legítima del serenísimo príncipe del Apompolí, que yo no sé quién sea ni en qué parte del mundo tiene su principado; pues ella es una honrada labriega, muy mujer de su casa, vecina de Argamasilla de Alba y esposa de este humilde servidor.

—La infeliz por quien rogáis, hermano —respondió el galeno, mayor—, está más loca que una espuerta de gatos, como lo prueba el andar desnuda por los montes y proclamarse nada menos que princesa. Dejadla estar en la jaula en que la hemos metido. He mandado que la den seis baños en agua fría diariamente, y después de cada baño, tres docenas de azotes allí donde la espalda pierde su honesto nombre, para que entre en reacción. Con esto y con unas lavativas de agua, sal y vinagre, pues parece que no anda bien del vientre, confío en que la pobre demente sanará, volviendo a su juicio, o al menos encontrará algún alivio.

—¡Dios me valga! —gemía Sancho—. ¿Mi Teresica llovida, azotada y bombardeada? ¡Eso es una infamia, señor! Sepáis, estulto galeno, matasanos maldito, que esa a quien torturáis es la esposa de mí, de yo, de Sancho, gobernador que he sido de la ínsula Barataria. ¡Voto a tal que he de quitaros el cargo, tan indignamente desempeñado, para nombrar con doble sueldo al sabio doctor Pedro Recio de Tirteafuera!

El galeno mayor, como oyera todos estos dislates, juzgó que Sancho era otro venático, y sin más responderle llamó a dos loqueros y les dio esta orden:

—¡A ver! Encerrad a este orate en la jaula de pinchos número siete; que se le apliquen unos sinapismos en las pantorrillas; rapadle luego pelo y barbas; dadle después trescientos doces verdugazos en el lomo, y si chilla, ya sabéis el remedio: ¡al pilón de la fuente!

Los implacables loqueros cogieron a Sancho y cumplieron aquellas instrucciones concienzudamente, sin que llegase el caso de zambullir en el pilón al escudero, que nunca como entonces pudo decir que al buen callar le llaman Sancho.

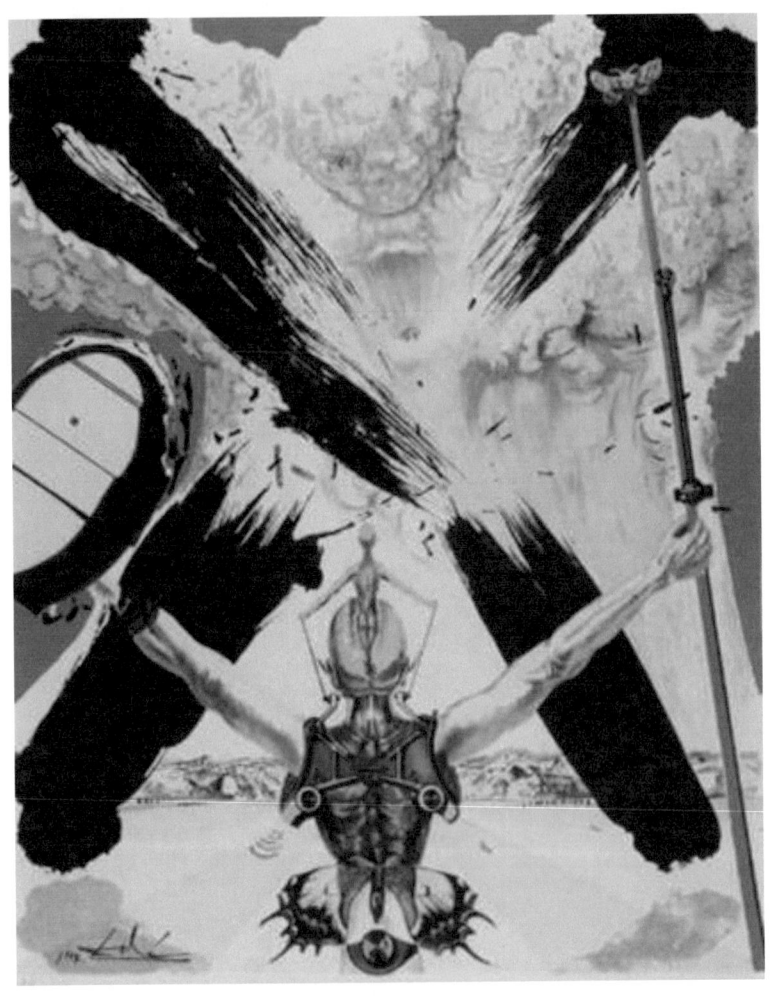

Salvador Dalí: *Don Quijote*

VI

Y ¿qué hacía entretanto don Quijote? Pues el sin par caballero andante, cansado de tocar en este y otro muro con las ligas de Teresa sin que ninguna pared se hundiese, tomó el asunto por la tremenda.

Era ya bien entrada la noche y ninguna de las casas en que llamaba por el extraño método de las ligas cedía a sus intentos.

—¡Ah mi gentil señora doña Ninguna! El mago enemigo que me persigue y en estropear mis aventuras pone empeño, convierte en vulgares casas de vecindad vuestro castillo así que mi lanza, adornada con vuestras preciosas ligas, en sus piedras toca. ¡Dadme, señora mía, otras luces por donde descubriros pueda, que si el denuedo no me falta, fáltame conocer vuestro paradero, cosa que me parece principal para libertaros!

En estas lamentaciones se andaba cuando acertó a detenerse ante la casa del conde de Patidifús por aquellos tiempos señor del Toboso y sus anejos. El conde de Patidifús no estaba en su casa, que había ido al Consistorio a tratar del modo de enviar soldados al rey para sostener la guerra contra el pirata Soplalimón-el-Ghandhul, y como el conde de Patidifús llevose consigo a todos sus palafreneros,

espadones, alabarderos, ballesteros, pin-
ches y badulaques, la casa señorial quedó
sin más defensa que la de un pajecillo de
menos de catorce años.

El cual al oír las lanzadas creyó que
llamaban a la puerta y la abrió impruden-
te. Ver don Quijote que la puerta se abría,

echar pie a tierra, dejar la lanza, embrazar el escudo y esgrimir la espada, fue todo uno.

—¡Franqueadme el paso, legión de malandrines! ¡Dejad libre el camino al invencible caballero don Quijote de la Mancha!

El pajecillo respondía, valeroso:

—Tened presente que esta es la casa del ilustrísimo señor conde de Patidifús, y que si dais un paso, caro os ha de costar.

—¿Cómo tal? ¡Voto a mí! Con condes de Patidifús podéis venirme: al fiero marqués de Trasparratrás acabo de vencer, acuchillar, alancear y malherir. ¡Dejadme franca la entrada o vive Dios que os he de ensartar en mi tizona!

cieron los vecinos ser aquel el loco que todo el día anduvo por el pueblo con unas ligas en la punta de una lanza dando porrazos en las paredes; y entrándoles la gana de divertirse idearon de desnudarle.

Pensado y hecho: en un periquete despojaron a don Quijote de su armadura y ropas, dejándole en situación de lucir los garrones de su flaca figura. Mas don Quijote recordó en tan apurados momentos una treta que dicen que le dio buen resultado al andante caballero don Explandiano y que estriba en hacerse el muerto. Poniéndola por obra don Quijote, dio varios espertugones, suspiró profundamente y estiró la pata. Los vecinos acometedores que tal vieron, se llevaron un gran susto.

—¡Murió!

—¡Feneció!

—¡Sucumbió!

—¡Espichó!

Don Quijote quieto se estaba y tieso.

—¡Yo no fui!

—Ni yo.

—Ni yo.

Los vecinos todos se culpaban unos a otros, se echaban unos a otros el muerto, y temiéndole a la justicia, uno primero, dos después, y todos en fin, huyeron despavoridos. ¡Qué más quería don Quijote! En cuanto se vio solo se levantó, y sin cuidar de vestirse, tomó su espada y dijo:

—¿Has visto, mi señora doña Ninguna, cómo por este ardid de fingirme cadáver muerto y difunto, he vencido y confundido a la turba de endriagos, ogros, codines, gnomos y gigantes caraculiambros que eran tus carceleros? Pues ahora voy a buscarte por las criptas y mazmorras de este castillo, dondequiera que te hallases, para ponerte en libertad y, si eres hija del rey Mamirandol, como pienso, llevarte a las gradas del trono de tu augusto padre para que en recompensa me dé alguno de sus extensos señoríos.

Guiado así de su arrojo y de su locura, en el fondo noble y generosa, se entró don Quijote casa adelante por la del conde de Patidifús sin más prenda que su camisón, pero blandiendo su espada.

Los alebronados vecinos en su huida habíanle dejado solo; el paje, más discreto

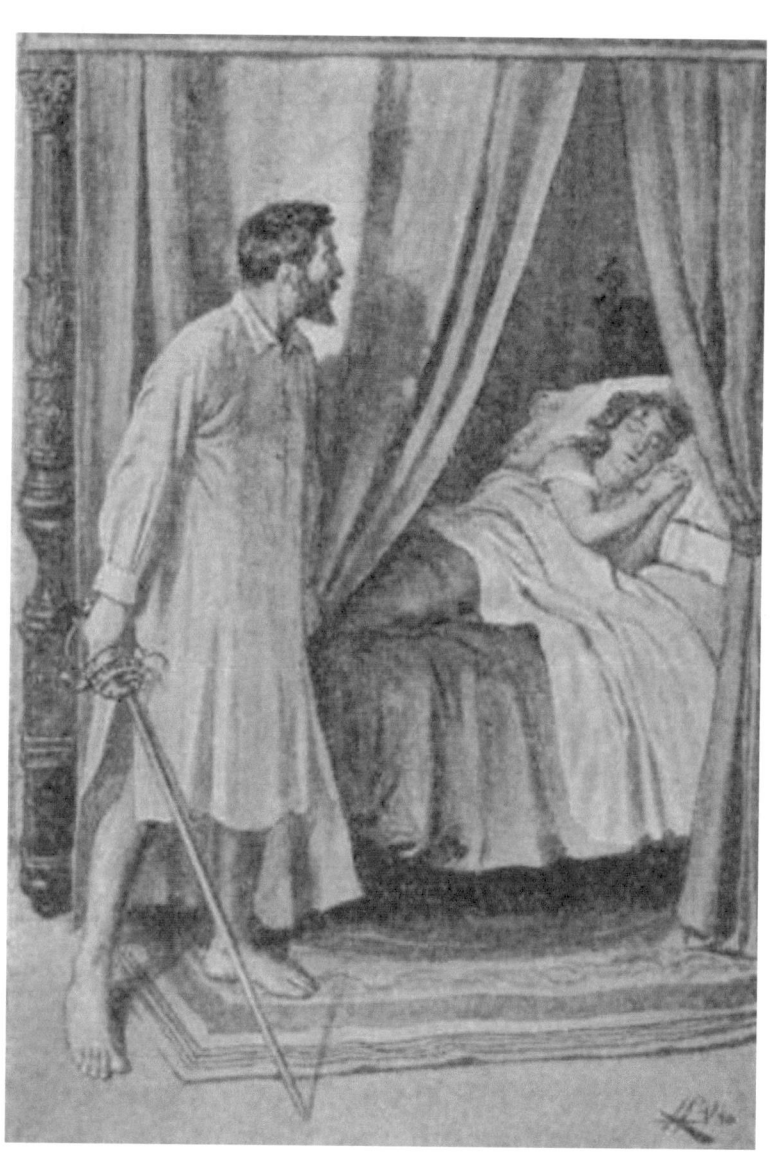

que las personas mayores, corrió al Consistorio a dar a su amo cuenta de la novedad que sucedía, y así pudo don Quijote recorrer una y otra estancia sin que nadie se lo estorbase. De este modo llegó a la alcoba en que Rosalinda plácidamente dormía.

El curioso lector estará sobresaltado temiendo el grandísimo susto que Rosalinda se va a llevar al ser despertada y ver en su aposento un defesio espantable. Tranquilícese el amable lector: don Quijote era un loco sublime de hidalgos procederes, y no se cuenta en su historia acción alguna que causase molestia ni sobresalto a una dama.

Llegado al dormitorio de Rosalinda,

como la viera tan bella y candorosa entregada a dulcísimo sueño, se dijo don Quijote para sí mismo:

—Formidable virtud es la de mi invencible espada. No he necesitado atravesar el bandullo a nadie. He aquí a doña Ninguna libre, feliz, descansando de sus pasadas fatigas. Déjela yo dormir en buena hora y mejor será que la guarde estándome en vigilia de centinela en el aposento inmediato.

Se salió, pues, de la alcoba de puntillas y se puso en guardia en la sala contigua.

Mientras sucedía todo esto el paje llegó al Consistorio, y avisado el conde, corrió a su casa temiendo por su hija. Un terrible escuadrón de esbirros le acompañaba.

El conde, sin atender a consejos ni advertencias corrió al aposento de Rosalinda y cuando llegó a la sala en que hacía su guardia don Quijote, lo detuvo.

—¡Alto! ¿Quién sois?

—Soy el padre de esa dama que dentro debe estar.

Entonces don Quijote, rindiendo el arma, dijo:

—Que me place, gran señor, poderos decir que está salva y sana. Después de libertarla de la legión de endriagos, ogros, gnomos y gigantes caraculiambros que secuestrada la tenían, llegué a su alcoba, y al verla dormida me puse aquí en centine-

la para evitar que volviesen a importunarla sus enemigos.

—Veamos si eso es verdad.

Se asomó el conde y al comprobar que, en efecto, Rosalinda dormía tranquilamente, sin poderse explicar el caso le preguntó a don Quijote:

—Decidme quién sois.

—Yo soy —respondió orgulloso— el famoso y nunca vencido caballero andante, el de la Triste Figura, el de los Leones, el de la Cueva de Montesinos, llamado don Quijote de la Mancha.

—¡Ah! —dijo el conde, ya tranquilo—. He debido conoceros, porque la hazaña que acabáis, sólo un caballero como vos podía acabarla tan bizarramente. He leído vuestra historia escrita por Miguel de Cervantes, y como el mundo entero, mi señor don Quijote, os admiro y reverencio. ¡Venid, venid! Tomad vuestras ropas y armadura, de que los endriagos os han despojado y aceptad esta mi casa por alojamiento, harto humilde para lo que vos, egregio personaje de la más genial narración, os merecéis.

Ilustraciones de la familia Panza

119

Autor: Gustavo Doré

VII

LA cara de tontos que pusieron quienes momentos antes estaban dispuestos a moler a palos a don Quijote no es para descrita. Aquellas pobres gentes tomaron al pie de la letra lo que oían, sin darse cuenta de que el conde le seguía el humor al loco más bellamente loco que en los fastos de la locura se conoce. Don Quijote fue, por lo tanto, obsequiado en la casa del conde de Patidifús como ya lo fuera en la de aquel otro duque que hizo a Sancho gobernador.

Pasada aquella noche en blando lecho después de cenar muy bien, al día siguiente don Quijote echó de menos a su fiel Sancho. Para hacerle partícipe de tanta gloria y beneficio, determinó de ir a buscarle a la posada en que ambos se habían alojado la noche anterior, y allí supo, con espanto, que su escudero había sido encerrado en una casa de locos, en la cual se hallaba también entre rejas Teresa Panza.

—¡Ah! —exclamó don Quijote al oírlo—. ¡Cómo se han aprovechado los follones malandrines de que yo estaba empeñado en la sin igual aventura de salvar a doña Ninguna para encarcelar traidoramente a mi escudero! Y llega su venganza a osar también infligir torturas a la fidelísima esposa del más honrado servidor, la oronda y remoñuda Teresa Panza.

Ahora mismo iré a las prisiones que tú, vil posadero, por despistarme llamas casa de locos, y ha de correr tanta sangre, que se trueque y mude la Geografía, pues todos los mares van a ser rojos.

Sin más pensarlo se fue don Quijote al manicomio, a cuyo patio consiguió entrar no sabemos cómo, y una vez allí, desnudando su espada, gritó a voz en cuello:

—¡Alcaides, llaveros y verdugos de este presidio, capitanes y soldados que lo custodiáis, entregadme al punto libres y sin costas a Sancho Panza y su mujer Teresa Panza, dos Panzas, o si no lo hiciereis, tened por segura vuestra muerte, porque os he de matar a todos como a chinches!

Los loqueros tomaron a don Quijote por un loco más, y guardándole las vueltas, se dispusieron a cazarlo a lazo. Para conseguirlo, mientras unos lo entretenían, otro, arteramente, consiguió echarle a una pierna un nudo corredizo. Tiraron todos de la cuerda y cayó nuestro caballero.

Habrás observado, lector, que lo mismo en esta humilde narración de pasatiempo que en la inmortal historia, siempre que don Quijote trataba con personas decentes salía bien parado; pero si contendía con rufianes, llevaba en todo caso las de perder. Medita un poco en ello, lector amigo, pues la lectura del *Quijote* requiere que se medite mucho, y vamos adelante con nuestro suceso.

Autor: Salvador Tusell

Caído don Quijote, pronto le desarmaron los loqueros, y como el manicomio estaba lleno y había escasez de jaulas, le encerraron en la misma en que Sancho Panza se repudría.

—¡Válgame Dios, Sancho hijo, a qué triste condición me has traído! Yo que vengo de libertar a la altísima señora doña Ninguna y que estaba ya para ser nombrado virrey de las Pampangas, hállome en este calabozo inmundo tratado como el más miserable de los criminales. Y todo por la locura de tu mujer, por llamarse ella nada menos que esposa del príncipe del Apompolí. Pero, ¿de dónde saca esa estúpida semejantes manías de grandezas? Teresa Panza nació y Teresa

Autor: Salvador Dalí

Panza ha de morir, y no vale darle vueltas. Cuando se sienten esas ambiciones locas y desmedidas, pronto se cae en el ridículo. Nadie debe renegar de su condición, sino que, antes bien, dentro de ella y sin intentar mudarla, debe cada uno cumplir sus deberes, que ser más bueno que los demás es la única mejoría a que debe aspirar el hombre.

—¡Ave María Purísima! —exclamó Sancho—. ¿Vuesa merced que a todos nos ha sorbido el seso metiéndonos en estos trotes y belenes de la caballería andante, de las ínsulas, los virreinatos y prebendas; vuesa merced que a todos nos ha aflojado alguno de los tornillos del chirumen, viene ahora dando consejos de cordura, de conformidad? ¡Esta es buena! Pero ¿quién, sino vos, don Quijote de mi alma, inventó tanta fantasmagoría? Labrador yo me era y de labrador me seguiría si vuesa merced no me hubiese levantado los cascos prometiéndome honores y riquezas. Vea ahora de sacarnos a mí y a mi mujer de este manicomio y vuélvame yo con mi Teresa a Argamasilla y vos con su ama y su sobrina, y vivamos en paz los años que Dios fuese servido concedernos de respiración.

—¿Has dicho manicomio, Sancho? ¿Tú ignoras que esta en que sufrimos cautiverio es la prisión del fiero berebere Rimulcaín-el-Satán y que de ella hemos de salir merced a una hazaña mía que será la de torcer y quebrar como cañas estos hierros de la reja?

—Tuérzalos ya y quiébrelos, mi señor, para que salir podamos.

—No será eso, Sancho, sin que antes tu estés puro y maduro.

—Y ¿qué he de hacer para purificarme y madurar?—Lo primero, Sancho hijo, desembarazar tu cuerpo de toda impureza, que es mucha la que en él tienes, según advierto por las emanaciones; y en cuanto a lo de madurarte, hazte dar de golpes contra las paredes hasta que adviertas que quedaste blando como una breva.

—¡Pobre de mí! ¿Cómo os las componéis que siempre le ha de tocar a mi pobre cuerpo pagar los vidrios rotos?

—¡Envidiable mérito el tuyo!

—Déjese de méritos y partamos la obligación: quédeme yo con lo de la pureza y vos con lo de la madurez.

VIII

NO cuenta la historia, de donde se han tomado estas noticias, si Sancho y don Quijote llegaron a ponerse de acuerdo en lo tocante a repartirse las condiciones dichas; ni importa saberlo, puesto que fue otro el giro que tomaron los acontecimientos.

Acaeció que un peregrino o romero, uno de esos santos hombres que por penitencia o por cumplir un voto van a pie a Roma o a Santiago de Compostela, acertó a pasar por el Toboso, pueblo donde lo que venimos relatando sucedía, y llegó,

por efecto del poco alimento y sobra de fatiga, tan débil y aspeado que en mitad de la calle cayó presa de un desvanecimiento.

Sabedor el conde de ello, hizo llevar a su casa al peregrino, en donde lo socorrió con alimento, ropas y limosnas. Y no poco costó al conde y a la condesa lograr que el romero saliese con bien de sus desmayos, que a cada momento le daba uno que parecía como si fuese a fallecer.

Mas luego que el peregrino o romero, a fuerza de solícitos cuidados recuperó su salud y fuerzas, le pidió el conde algunas noticias de su vida y de lo que por los caminos veía, a lo que el romero accedió de buen grado.

—Por cierto, señor conde —dijo—, que según colijo aquí en esta villa del Toboso, cuya guarda y gobierno os tiene encomendada el rey nuestro señor, deben estar los dos más graciosos locos que en la vida se han visto. Hablo de don Quijote y Sancho Panza.

—Por aquí andan, en efecto —dijo el conde.

—Pero lo que sin duda ignoráis, señor conde, es que la mujer de ese sandio de Sancho Panza también fue contagiada de la locura y salió de su lugar en busca de su marido, a quien creía nada menos que príncipe. En el camino un bandolero la engañó, robola sus ropas y la dejó atada a un árbol. Hallada desnuda, al manicomio la trajeron y en él está encerrada.

El conde, como hombre de buen corazón, se informó de todo, y cuando supo que Sancho y don Quijote estaban también encerrados, mandó que a los tres los pusiesen inmediatamente en libertad.

Cuando el loquero fue a abrirles las puertas, todavía no estaba Sancho puro ni maduro.

—Esto te enseñará, Sancho incrédulo —le dijo don Quijote— hasta dónde alcanzan mi poder y valimiento. En cuanto se han enterado de mi propósito de desmenuzar como si fuesen juncos secos los hierros y barrotes de la prisión, nos sueltan para ahorrarse el mucho dinero que

les costaría recomponer y remediar los destrozos que iba a causarles.

Sancho no atendió esta vez a don Quijote. Como viera a su mujer corrió a abrazarla.

—¡Teresa mía!

—¡Sancho de mis entretelas!

—¡Cuánto he padecido, mi esposa, pensando en tus tormentos, en tus desnudeces y sobre todo en los azotes y otras lástimas!

—Olvidemos todo eso y volvamos presto a nuestro lugar.

—No será eso —dijo don Quijote— sin antes ir a darle las gracias al señor conde, nuestro generoso libertador.

El conde quiso darle a la escena toda la solemnidad que merecía. Se entronizó, esto es, se colocó en un trono, e hizo que un capitán, en funciones de introductor, le presentase a don Quijote y a Teresa.

—Señor —dijo el capitán hincándose de rodillas—. Aquí os presento al más valiente y famoso caballero andante don Quijote de la Mancha y a la sin par esposa del sin par escudero Sancho Panza.

—¡Hablad! —dijo el conde.

Y don Quijote le endilgó este discurso:

—Poderosísimo señor: mi brazo y mi denuedo en sin igual batalla a campo abierto, en donde dejé sin vida seis bata-

llones y un cabo, han libertado de las ca-
denas y del suplicio a esta egregia y bella
dama que no es, como parece, una modes-
ta labradora, sino una serenísima princesa.

—¡Alto! —interrumpió Teresa—. Yo
soy ni más ni menos Teresa Panza, y no
volveré a creer en ínsulas ni principados.
Perdonad, señor conde, a este mentecato
y a mi marido. Y por mi parte os juro que
si ellos siguen haciendo disparates, a mí
no habrá quien me saque de mi casa.

—¿Qué, decís vos a eso, don Quijote?

—Digo que seguiré mi vida extraor-
dinaria.

—Así es —concluyó el conde— que

la vida de don Quijote está hecha para durar por los siglos de los siglos, y hasta será cantera y mina de oro inagotable de donde todos podrán sacar algún provecho.

— o O o — EL autor de esta narración acudió a esa mina y sólo sacó esta tosca piedra que te ofrece. Perdona la profanación. El autor también, como don Quijote, sueña; pero es dura la necesidad de ganar, entreteniéndote, lector, el pan de cada día.

Ilustraciones de Teresa Panza
agrupadas por momentos del Quijote

Teresa Panza recibe noticias de Sancho

149

P. Camaron del.

P. Dufles Sculp.

157

Salga, madre Teresa, salga, salga...

¿Que es esto niña, qué señor es este?

Y asiéndole de un lado del cinto, y su mujer de la mano,
tirando su hija al Rucio, se fueron á su casa.

Bonard inv.   Cars Sculp.

Ils s'en furent à leur emploie, laissant don Quichotte dans la sienne (page 612).

Las razones de Sancho a su esposa

... y en esto comenzó á llorar tan de veras...

J. Rivelles inv. y dib.

Alga.º Blanco le gr.º

Paris, E. Bonne et Cie, imp.   Mouvez-vous avec votre âne, Sancho (page 312).   Paris, Bonne et Cie, édit.

O femme de Barabbas! s'écria-t-il, imbécile, bête brute... — P. 277.

Eso no, marido mio.

Mira Teresa, respondió Sancho, y es-
cucha lo que ahora quiero decirte....

Otros

Band II. Seite 43.
„Schaut doch einmal, wie sie einherstelzirt, die Schweintreiberin da!"

Libros Mablaz

Ciencia Ficción y Fantasía

http://librosmablaz.com/

Libros Mablaz CLÁSICOS de Ciencia Ficción recuperados

LM CLÁSICOS

http://librosmablaz.com/

Libros Mablaz

Narrativa — Relatos

/www.librosmablaz.com/